LA COLLECTION

DE

M. CAMILLE MARCILLE

PAR

GEORGES DUPLESSIS

EXTRAIT DE LA *GAZETTE DES BEAUX-ARTS*

(Mars 1876)

PARIS

IMPRIMERIE DE J. CLAYE

RUE SAINT-BENOIT

1876

LA COLLECTION

DE

M. CAMILLE MARCILLE

PAR

GEORGES DUPLESSIS

EXTRAIT DE LA *GAZETTE DES BEAUX-ARTS*

(Mars 1876.)

PARIS

IMPRIMERIE DE J. CLAYE

RUE SAINT-BENOIT

—

1876

LA COLLECTION
DE M. CAMILLE MARCILLE

quelques kilomètres de Chartres, dans une étroite vallée, sur un coteau entouré de prairies existait une habitation charmante où la qualité d'artiste ou d'amateur vous donnait un accès facile. Les maîtres de la maison vous accueillaient avec une grâce et une bonté parfaites et les peintures ou les dessins que l'on y voyait vous donnaient, autant que l'accueil que l'on y recevait, le désir de revenir dans cette demeure hospitalière où régnait le bonheur. Le propriétaire de cette maison de campagne était peintre; il appartenait à une honorable famille fort éprise des belles choses, et tout jeune, il avait puisé sous le toit paternel, en même temps que le goût de l'art, les principes mêmes de la peinture. Son père, un des amateurs les plus clairvoyants qui aient jamais existé, avait recueilli des œuvres hors ligne de tous les maîtres du xviiie siècle, à une époque où personne ne songeait encore à apprécier le mérite de ces artistes, et avait rassemblé une des collections de tableaux les plus considérables que jamais amateur ait formées. Cette collection, à la mort de celui qui l'avait réunie, fut séparée en deux parts égales. MM. Eudoxe et Camille Marcille se partagèrent les richesses accumulées par leur père, et tandis que l'aîné ornait de son précieux héritage le petit hôtel qu'il habite à Paris rue Hauteville, le cadet, M. Camille Marcille, après avoir répandu sur les murs de sa maison de Oisème les tableaux et les dessins qui lui étaient échus en partage, faisait construire un immense atelier dans lequel prenaient place les peintures qui n'avaient pu trouver à se loger dans ses appartements. C'est au milieu de ces œuvres spirituelles et charmantes qu'il vivait, c'est là qu'il passait les meilleurs moments de son existence. Assis devant son chevalet, travaillant avec passion, il se reposait en admirant ces toiles excellentes qui, sans cesse, lui fournissaient un enseignement salutaire. C'est là aussi qu'une attaque soudaine le surprit le 2 du mois d'août dernier, alors que, plein d'ardeur, il terminait un tableau qu'il voulait envoyer au Salon prochain. Ne le voyant pas descendre à l'heure du dîner, on courut à cet atelier où on était certain de le trouver; il était renversé dans son fauteuil, il avait perdu connaissance; tous les remèdes furent impuissants à le ranimer; à quatre heures du matin il expira entouré de sa femme et de ses enfants; son frère, à ce moment à Orléans où le retenaient ses fonctions de conservateur du Musée, fut prévenu immédiatement; il ne put arriver à temps pour recevoir le dernier soupir de celui qu'il se plaisait à nommer toujours son *petit frère*. Ainsi se termina brusquement cette existence entièrement consacrée au bien. Ceux qui approchaient de près ou de loin Camille Marcille, cette famille dont il était toute la joie et l'honneur, ces amis nombreux que lui avaient créés son aménité, son savoir et son goût, furent atterrés par le malheur inattendu qui venait les frapper si cruellement. Ceux qui n'étaient pas autour de lui ne pouvaient croire à la fatale nouvelle qui leur était annoncée, ils ne voulaient pas croire du moins qu'ils ne verraient plus celui qu'ils avaient vu récemment plein de vie et plein de force, qu'ils n'entendraient plus cette parole douce et sympathique qui leur était si chère. Le temps pourra calmer l'angoisse présente, il ne pourra jamais combler le vide que la mort de Camille Marcille fait dans le cœur de ceux qui l'ont connu et aimé.

Constantin-Camille Marcille était né à Chartres le 1er mai 1816; après avoir commencé au collége de sa ville natale ses études qu'il termina à Paris au collége Stanislas, il fut placé chez le peintre Steuben par son père qui voulut encourager les dispositions qu'il avait montrées dès l'enfance pour le dessin. Il demeura dans cet atelier jusqu'au moment où Steuben quitta la France pour aller se fixer en Russie. A partir de cette époque Camille Marcille demanda à Achille Devéria quelques conseils et s'exerça en copiant, soit au musée du Louvre, soit dans la collection

paternelle, les tableaux qui le frappaient plus particulièrement. Il se péné-
trait ainsi de la manière des maîtres, en même temps qu'il s'instruisait

(Dessin de Prud'hon. — Collection de M. C. Marcille.)

dans l'art du peintre. Son assiduité à reproduire les œuvres des artistes
habiles lui fit acquérir ce coup d'œil sûr, ce tact et ce goût qui donnaient

à ses opinions, en matière d'art, un grand poids. De fréquents voyages en Belgique, en Hollande, en Allemagne et en Italie, avaient familiarisé Camille Marcille avec les différentes écoles de peinture. De tous les musées qu'il visitait, il rapportait quelque souvenir; sa palette et ses pinceaux ne le quittaient jamais; au retour de ses excursions, il s'entourait des copies qu'il avait faites et se remettait ainsi en mémoire les bonnes heures qu'il avait passées à admirer et à étudier les toiles originales qui avaient particulièrement captivé ses regards.

Au mois de février 1854, Camille Marcille prit une compagne digne de lui; il épousa la petite-fille du baron Walckenaer, le savant éditeur des lettres de Mme de Sévigné, l'auteur d'une vie de La Fontaine qui ne sera pas de longtemps remplacée. Peu de temps après cette heureuse union, il quitta Paris. Il acquit la charmante propriété de Oisème dans laquelle il est mort. Nommé conservateur du musée de Chartres en 1862, il ne cessa de déployer un zèle et une activité qui lui ont valu, en même temps que l'estime, la reconnaissance de tous ses compatriotes. Grâce à ses connaissances étendues, à son amour du devoir et à son ardeur au bien, il acquit pour la ville qui lui avait confié l'administration de son musée des œuvres qui feraient l'honneur des collections les plus riches; il sut découvrir et obtenir quatre fort beaux panneaux de Paul Véronèse qui étaient comme perdus dans l'hospice de Josaphat fondé par le marquis d'Aligre, et n'aurait-il ajouté à la collection dont il avait la garde que ce superbe portrait de Turenne peint par Philippe de Champaigne, acheté par lui à Dreux pour une somme modique, qu'il aurait déjà pleinement justifié la distinction dont il fut l'objet, le choix qui avait attiré sur lui l'attention de l'administration locale.

Le 3 novembre 1856, Camille Marcille perdit son père. Ce grand malheur venait faire cesser cette douce intimité qui existait depuis longtemps déjà entre ce père et ces fils que des goûts communs unissaient doublement, que les mêmes choses charmaient et réjouissaient. Les deux fils de M. Marcille avaient vécu jusque-là au milieu des tableaux ou des dessins que leur père avait rassemblés, ils avaient assisté aux joies du collectionneur qui faisait tous les jours de nouvelles trouvailles, aux émotions que lui procuraient les ventes publiques, au désespoir que lui causait une œuvre charmante qui lui échappait; ils avaient pris leur part de ces doux moments ou de ces heures de chagrin, mais ils n'avaient pas éprouvé par eux-mêmes ce qu'il y a de profondément agréable à posséder en propre, à placer là où il vous plaît une peinture que l'on chérit, un dessin que l'on affectionne. Le jour où le précieux cabinet de leur père leur échut en héritage, leurs instincts de

Le Garçon Cabaretier.

collectionneur se révélèrent et ils ornèrent chacun leurs demeures des œuvres que le sort leur attribua. Camille Marcille emporta dans sa maison de campagne tous les trésors qui étaient devenus sa propriété; il fit construire un immense atelier pour exposer dans un jour favorable ses peintures qu'il voulait avoir sans cesse sous les yeux, il garnit les murailles de toutes ses chambres de dessins et d'esquisses, et s'arrangea de telle sorte que sa maison entière devint un véritable musée.

Une grande maison et un vaste atelier suffisaient à peine en effet à contenir les collections de Camille Marcille. Pour sa part seulement, il avait eu treize tableaux de Chardin, neuf toiles et cinquante-cinq dessins de Prud'hon, deux peintures de Géricault, deux tableaux de Fragonard, une peinture, les *Ruines de Balbeck*, et trois études peintes de Marilhat, sans compter plusieurs toiles de Greuze, de Lancret, de Boucher, d'Hubert Robert et de Desportes. L'école française du xviiie siècle et du commencement du xixe est représentée dans cette collection d'une façon plus complète qu'aucune autre: les artistes de tous les temps et de tous les pays ne sont pas exclus pour cela de la galerie de Oisème, mais les recherches du collectionneur avaient particulièrement porté sur des œuvres délaissées au moment où son activité était la plus grande, et les hasards de la découverte l'avaient servi plus heureusement pour les spirituelles productions de notre art national que pour les peintures exécutées hors de France.

Si nous entreprenons d'appeler l'attention sur cette galerie justement célèbre [1], nous serons tout d'abord attirés par cette série unique de tableaux de Chardin parmi lesquels se trouvent le *Dessinateur* et l'*Ouvrière en tapisserie*, l'*Écureuse* et le *Garçon cabaretier*. Des gravures, exécutées sous les yeux du peintre, ont répandu et fait connaître depuis longtemps ces œuvres charmantes qui résument en elles seules tout le talent de leur auteur; ces scènes familières traitées avec une naïveté et une bonhomie qui ne sont plus de notre temps valent avant tout par une exécution des plus artistes. La douce harmonie et la solidité des tons employés par le peintre accusent une entente de l'effet pittoresque que possédèrent à un égal degré peu d'artistes de l'école française du xviiie siècle. Chardin ne songe jamais à attirer le regard par quelque habileté de pinceau ou par quelque tour de force; il veut avant tout être vrai et rendre ce qu'il a sous les yeux avec une exactitude intelligente;

---

1. Aux gravures inédites dont nous accompagnons cet article nous joignons celles anciennement publiées dans la *Gazette* d'après quelques-uns des plus beaux dessins de Prud'hon de la collection Marcille : *l'Amour*, un *Portrait de jeune fille*, *la Justice poursuivant le Crime*, une frise représentant des jeux d'enfants et une tête de satyre.

la vérité brutale et bête lui répugne autant que la convention et l'emphase; ses moindres productions dénotent un artiste de race, parce qu'il met du sien dans tout ce qu'il fait et parce qu'il traite avec originalité les sujets les moins épiques. Il parvient à nous intéresser en fixant sur une toile une tranche de melon, un vase de fleurs ou un panier de fruits, parce qu'il traduit avec son instinct de peintre tout ce qui frappe ses regards. Il s'entend d'ailleurs fort bien à grouper les objets qu'il juxtapose, et n'ignore aucune des lois de la composition; ses natures mortes valent ses scènes de la vie intime et, dans la collection qui nous occupe ici, l'artiste est représenté par des ouvrages de sa meilleure manière. M. Charles Blanc, dans son *Histoire des peintres de toutes les écoles,* voulant définir le talent de Chardin comme peintre de sujets familiers, choisit précisément un tableau appartenant à la galerie de M. Camille Marcille : « Si l'on veut juger ce qu'il savait faire en ce genre, dit-il, il faut voir son tableau de l'*Écureuse.* Une femme penchée sur une large cuve en bois nettoie un poêlon de cuivre : voilà tout le tableau. Mais quelle vérité! quelle illusion! si vous vous arrêtez dix minutes devant ce cadre de quelques pouces, vous allez voir grandir cette femme si gracieusement naturelle dans son humble fonction; il vous semblera que ses mains s'agitent réellement, qu'elle vit, qu'elle vous entend et qu'il dépend de vous de la détourner, par une parole, de son occupation. Jamais Chardin ne peignit plus grassement, ne fut plus simple, plus harmonieux, plus vigoureux sans exagération, plus réel sans vulgarité [1]. »

1. Dans cette collection se trouve encore un portrait non signé que M. C. Marcille attribuait avec grande raison, selon nous, à Chardin. Il représente de grandeur naturelle une femme d'une quarantaine d'années assise dans un fauteuil de canne; elle est vêtue d'une robe rose; elle tient un éventail à la main; un bonnet de dentelle blanche orné d'un ruban bleu lui couvre la tête; sur une table, à côté d'elle, est posé un sac à ouvrage en soie; la physionomie est particulière; la tête est longue et étroite, le front est bas, les yeux et la bouche sont grands. M. Marcille ignorait le nom de cette bonne bourgeoise et avait renoncé à le savoir jamais. Un heureux hasard nous a peut-être mis sur la voie de le connaître. Une mauvaise estampe signée : *J.-B. S. Chardin pinx. Cherillet sculp. 1777,* dans laquelle on voit une femme debout dans un appartement, porte dans la marge du bas cette mention : *Marguerite Siméone Pouget.* Il y a une telle analogie entre la tête de cette jeune dame et le portrait possédé par M. Marcille que nous ne serions pas éloigné de croire que ces deux toiles donnent l'image d'une seule et même personne. La femme de Chardin s'appelait Marguerite Pouget, Chardin se nommait Siméon. Ce serait donc probablement une parente et une filleule du maître que celui-ci aurait peinte deux fois à des époques assez peu rapprochées. Nous soumettons notre hypothèse aux amis de la vérité qui n'hésiteront pas, on n'en saurait douter, à regarder le portrait possédé par M. Marcille comme une œuvre excellente, fort digne d'être attribuée à Chardin.

Chardin.

L'Écureuse.

JEUNE FILLE, PAR PRUD'HON.

(Dessin de la collection de M. C. Marcille.)

Si Chardin est le peintre honnête par excellence, le peintre de la famille, Fragonard au contraire est le peintre de l'amour frivole et de la volupté. Ce qui préoccupe uniquement le premier est à peu près indifférent au second. Fragonard voit la nature à travers son imagination et l'interroge bien rarement en face. Ses paysages semblent être des décors de théâtre éclairés par une lumière factice et ses figures appartiennent à une île de Cythère entrevue par lui qui n'a rien de commun avec l'ancien séjour des héros de la Fable. Cette jeune fille fuyant à la hâte est élégante et svelte; le dessin en est délicat et fin, et, si le ton tient de la convention plus que de la réalité, l'harmonie générale de cette peinture n'est pas sans agrément et sans délicatesse. Ce tableau gravé du vivant de Fragonard par Macret et Couché est connu sous le nom de la *Fuite à dessein*; il passe à juste titre pour un des meilleurs ouvrages de Fragonard; c'est en tout cas une des toiles à laquelle l'artiste apporta le plus de soin et consacra le plus de temps. Trois enfants couronnés de roses et de pampres dénotent une phase toute différente dans le talent de Fragonard : ils sont de grandeur naturelle et, unis par une guirlande de fleurs, ils volent dans les airs. Ici le maître aimable, qui excellait à peindre les amours, a prouvé qu'il savait, à certaines heures, accuser son talent de coloriste et rivaliser avec les peintres qu'il affectionnait particulièrement. Cette toile, d'assez grande dimension, réjouit l'œil par la fraîcheur des tons employés et séduit par la franchise de l'exécution.

Dans la collection de M. Camille Marcille, François Boucher est représenté par un tableau important, le *Réveil*, et par plusieurs esquisses en camaïeu qui accusent une imagination et une facilité d'agencement, rares de tout temps. Le *Réveil* a été peint pour faire partie d'une décoration d'appartement. Au milieu d'une bordure ovale d'un ton solide voltigent quatre petits Amours qui tiennent des torches allumées ou qui cherchent à retenir une colombe qui s'envole. L'œuvre est exécutée avec un soin particulier. Quoique cette peinture ait été destinée, sans aucun doute, à orner un dessus de porte, François Boucher l'a terminée avec la même précision que si elle avait dû être vue de près et examinée à la loupe. C'est un bon et intéressant tableau d'un maître dont les œuvres authentiques et pures sont aujourd'hui fort recherchées. Les esquisses de Boucher que l'on voit à côté, la *Toilette de Vénus*, la *Toilette de Psyché*, *Diane et Vénus* et un projet pour un plafond, nous montrent Boucher sous un tout autre jour. Autant l'artiste s'est préoccupé dans le *Réveil* de terminer le plus possible son ouvrage, autant, dans ces ébauches faites au bout du pinceau, il s'est peu attaché à l'exécution matérielle de son œuvre. Il a groupé avec une fa-

B. Fragonard.

La fuite à dessein.

cilité extraordinaire un nombre considérable de figures qu'il a disposées
avec art, qu'il a indiquées sommairement, se réservant d'étudier isolé-
ment chacune de ces figures, le jour où il aurait à les exécuter définitivement. C'est dans ces croquis prestement traités que le talent facile
de Boucher apparaît le plus clairement; c'est là qu'il accuse le plus
ouvertement ses instincts de peintre; c'est un décorateur merveilleuse-
ment doué qui emprunte habituellement à la mythologie ses inspirations
et qui sait accommoder au goût de la société au milieu de laquelle il vit,
les récits fabuleux et les exploits des héros mythologiques.

De Jean-Baptiste Greuze, on voit ici plusieurs bonnes toiles; outre
l'Autel de l'Amour, composition à la mode du temps, M. Camille Marcille possédait deux intéressants portraits, le maître en chirurgie Jean-
Baptiste Fleury et une femme âgée, assise dans un fauteuil, vêtue d'une
robe bleue recouverte d'un mantelet noir à capuchon bordé de dentelles,
et les mains cachées dans un manchon de fourrure. On ignore le nom de
cette brave bourgeoise à la figure spirituelle et sympathique, mais la
peinture est assez intéressante pour pouvoir se passer de nom. C'est un
ouvrage du bon temps de Greuze, qui n'a pas besoin de signature et qui
tiendra toujours sa place dans une galerie choisie. A côté de ces portraits
qui rendent avec vérité une physionomie déterminée, se trouve une de
ces têtes de fantaisie comme Greuze en a tant produit. C'est une fillette
vive d'allure et point mélancolique; elle est en buste; un corsage rosé
surmonté d'un fichu blanc cache sa taille élégante et accompagne heureusement ce minois plein de vie et de jeunesse. Parmi les innombrables
têtes d'expression que Greuze inventa, on en trouverait difficilement une
qui soit plus séduisante et plus aimable.

Le chef de l'école française au xviiie siècle, Antoine Watteau, n'a pas,
dans la collection qui nous occupe, d'œuvre capitale. M. Marcille, qui
avait eu pourtant la main heureuse si souvent, ne rencontra jamais un
tableau important du maître valenciennois. On ne saurait en effet insister
beaucoup sur une copie d'après Paul Véronèse, que Watteau exécuta dans
sa jeunesse. Cet ouvrage, curieux parce qu'il montre l'artiste français aux
prises avec une peinture d'un des plus grands coloristes qui aient jamais
existé, témoigne de l'impossibilité où était Watteau de se défaire de sa
manière propre, même lorsqu'il copiait autrui; c'est une étude intéressante, ce n'est pas un tableau. Il n'en est pas de même d'un des meilleurs élèves de Watteau, du peintre Nicolas Lancret; une grisaille que
grava Ch.-Nic. Cochin comme frontispice du second livre des leçons de
clavecin de M. Dandrieu donne une très-juste idée du talent facile de
ce petit maître : sur le devant d'un théâtre, une femme, la Musique,

tenant d'une main une lyre, relève de l'autre main un grand rideau.
Cette figure allégorique a le pied posé sur un livre à côté duquel se
voient une trompette et un violon ; un petit génie soutient un cartouche
dont l'extrémité inférieure touche à terre. Dans cette esquisse, légère-
ment traitée, tout l'esprit de Lancret apparaît, son habileté de main se
fait jour aussi bien que dans ses tableaux le plus longuement travaillés.

Hubert-Robert, François Desportes et Sauvage complètent la liste des
artistes du xviiie siècle qui sont représentés par quelques peintures dans
la collection de M. C. Marcille. Au milieu de rochers escarpés, Hubert
Robert a peint un lac au bord duquel se voit un pêcheur. C'est un panneau décoratif arraché à quelque salon du siècle dernier, dans lequel
les qualités du paysagiste apparaissent clairement. Un vase rempli de
fleurs d'où s'échappe une guirlande de roses et de pivoines, un singe
cherchant à attirer à lui une grenade à moitié déchirée : tel est le sujet
du tableau de Desportes. Rarement l'artiste a montré plus de largeur
dans l'exécution, plus de dextérité dans la touche ; un élève prendrait
une excellente leçon de peinture en copiant cette toile qui doit compter
parmi les meilleures que Desportes ait exécutées. Sauvage a représenté
sur un châssis long de plus d'un mètre de petits génies jouant avec des
grappes de raisin ; il a visé, selon son habitude, à contrefaire avec le
pinceau un bas-relief en plâtre ; il a réussi dans sa tentative, mais l'art
a autre chose à faire que ces tours de force qui dénotent, sans doute, une
grande habileté, mais qui nous intéressent médiocrement.

Une transition toute naturelle entre les tableaux peints au xviiie siècle et ceux qui virent le jour au xixe nous est offerte par plusieurs
toiles dues à un des artistes qui honorent le plus l'École française, à
Pierre-Paul Prud'hon. *L'Innocence préfère l'Amour à la Richesse, l'Étude
donne l'essor au génie, Joseph et la Femme de Putiphar, le Roi de Rome
enfant*, les portraits de *Mme la duchesse de Polignac* et de *Mme Bornier*
sont des toiles qui, à des degrés différents, accusent hautement le rare
talent de l'artiste qui les inventa. Mlle Mayer exécuta en grand la composition charmante de Prud'hon, qu'une excellente gravure de Barthélemy
Roger contribua à faire connaître, *l'Innocence préfère l'Amour à la
Richesse* ; mais, pour ce travail, elle eut sous les yeux une ébauche
très-avancée du maître, et c'est précisément cette ébauche que possède
M. Camille Marcille ; les figures principales sont presque terminées ;
seule la figure de l'Amour [1], qui se voit à la gauche de la composition,

1. De cette figure de l'*Amour*, M. Camille Marcille possède une étude au pastel
pleine de charme et de légèreté. Dans cette ébauche le maître français se rapproche
plus que dans aucun autre de ses ouvrages de l'inimitable Corrège.

Prud'hon.

L'Innocence préfère l'Amour à la Richesse.

AMOUR, PAR PRUD'HON.

(Dessin de la collection de M. C. Marcille.)

est à peine frottée. Dans ce tableau, environ haut d'un pied, le maître a
donné la mesure de son talent; à la grâce de la composition, à l'élégance
des lignes, il a joint ce charme d'expression, cette harmonie douce de
modelé, qui sont comme la marque distinctive de tous ses ouvrages; il a
su faire grand sur une petite toile, et cette idylle a la valeur d'un poëme.
Les autres peintures de Prud'hon conservées par M. Marcille se distin-
guent encore par des qualités de même ordre, mais elles ne commandent
pas aussi impérieusement l'admiration. En dehors de *l'Étude donnant
l'essor au génie* et des deux portraits que nous avons mentionnés plus
haut, nous n'avons d'ailleurs sous les yeux que des esquisses som-
maires; *le Roi de Rome couché* et *Joseph et la Femme de Putiphar* sont
ce que l'on appelle, en terme d'atelier, des pochades. Le maître, voulant
uniquement se rendre compte des tons, étudiant simplement le mouve-
ment, ne s'occupant encore ni de la précision du dessin ni de la souplesse
du modelé, a fixé sa pensée sans s'arrêter à aucun détail il a réussi
toutefois à prouver que, dès la première manifestation d'une idée, il
savait énergiquement exprimer ce qu'il sentait, et accuser clairement ce
que son imagination avait conçu.

En continuant le cours de notre examen dans cette galerie, nous
arrivons bientôt à des ouvrages que la plupart de nos contemporains ont
admirés au moment même où ils virent le jour. Géricault et Marilhat ne
sont pas morts depuis assez longtemps pour qu'une partie de la généra-
tion actuelle n'ait pu, sinon les connaître, du moins assister à leurs succès. Les deux toiles de Géricault possédées par M. Camille Marcille
représentent une *Course de chevaux libres*. Géricault fit de nombreuses
études pour ce tableau, qu'il n'eut pas le temps de terminer, mais auquel
il travailla longtemps. Ce sujet lui avait été inspiré par les courses de
chevaux auxquelles il avait assisté à Rome pendant le carnaval. On con-
naît plusieurs ébauches très-différentes de cette composition, et les deux
peintures que possède M. Marcille peuvent être comptées parmi les
meilleures qui aient été conservées. Voulant d'abord représenter simplement ce qu'il avait vu plusieurs fois pendant son séjour à Rome, Géricault habilla les hommes qui cherchent à maintenir les chevaux à la
mode des paysans de la campagne romaine; plus tard, désireux
d'agrandir son sujet et de ne plus se renfermer dans la représentation
exacte d'un fait, désireux aussi de montrer son aptitude à dessiner la
figure humaine, il dépouilla de leurs vêtements les personnages qu'il avait
précédemment vêtus, et les paysans du projet primitif devinrent des
athlètes et des lutteurs aux formes nettement accusées et aux muscles
solidement indiqués. Les chevaux se cabrent, s'efforcent de rompre

Marilhat.

Les Ruines de Balbek.

les liens qui les retiennent, et se débattent; ils semblent deviner le
rôle qu'ils sont appelés à jouer et manifestent leur impatience. Le
maître, qui avait fait une étude particulière du cheval, a mis à profit ici
ce qu'il avait appris de longue date; il a donné à ces chevaux ardents
et inquiets l'allure de coursiers antiques; l'exécution des deux tableaux
qui nous occupent n'est pas encore telle qu'elle aurait été sans doute,
lorsque le peintre aurait fixé sur la toile définitive cette composition
à laquelle il attachait une grande importance; elle est suffisante
toutefois pour accuser hautement les qualités du maître qui trouva
le style en restant fidèle à la nature et qui montra pour tout ce qui
était noble et grand une prédilection singulière.

De Marilhat, M. Camille Marcille possède une *Caravane arrêtée dans
les ruines de Balbeck*, tableau exposé au Salon de 1840, une esquisse
exécutée d'après nature en Syrie, à Rosette, et deux vues de Villeneuve-
lès-Avignon. Ces ouvrages donnent une idée complète du talent
de Marilhat. Les études nous montrent le maître directement aux
prises avec la nature, copiant naïvement ce qu'il a sous les yeux, et
transportant sur sa toile avec intelligence le paysage qui se déroule
devant lui; la *Vue de Rosette* est une superbe ébauche qui assigne à
son auteur un des premiers rangs dans l'École française contemporaine.
La *Caravane arrêtée dans les ruines de Balbeck* accuse une autre face
du talent de Marilhat. Après avoir étudié directement le site dont il
a gardé le souvenir sur son album ou dont il a tracé un croquis
arrêté, l'artiste a repris dans l'atelier les dessins ou les aquarelles
qu'il avait faits sur place; non content de copier servilement ce qu'il
avait vu, il a groupé avec art quelques figures autour du monu-
ment, il a encadré son sujet principal dans un milieu convenable; grâce
à une mémoire fidèle que des notes intelligemment prises rafraîchissaient
à propos, il a conservé l'exactitude des lignes principales autant que la
justesse du ton, et il a fait un tableau de ce qui n'était précédemment
qu'une série de croquis, qu'un amas de notes et de souvenirs. Théophile
Gautier, dans une étude qu'il écrivit en 1848 sur Marilhat dans la *Revue
des Deux Mondes*, songeait peut-être à ce tableau célèbre lorsqu'il disait :
« Une des gloires de Marilhat fut de conserver son originalité en présence
de Decamps. Ces deux talents sont des lignes parallèles voisines, il est
vrai, mais qui ne se touchent point. Ce que l'un a de plus en fantaisie,
l'autre le regagne en caractère. Si la couleur de Decamps est plus phos-
phorescente, le dessin de Marilhat a plus d'élégance. L'exécution, excellente chez tous deux, l'emporte en finesse chez le peintre enlevé si jeune
à sa gloire et au long avenir qui semblait devoir l'attendre. »

Si nous jetons un coup d'œil sur les tableaux des anciennes écoles qui garnissaient à Oisème les murailles de l'atelier de M. Camille Marcille, nous trouvons encore d'excellents ouvrages qui témoignent du goût éclairé du propriétaire. *Quatre petits Anges*, appartenant à l'École florentine du xvᵉ siècle, et un *Crucifiement* exécuté dans le style d'Andrea Mantegna représentaient l'École italienne à ses débuts. Une *Déposition de Croix* et une *Léda* de Sodoma nous montrent un temps déjà plus avancé où l'art, en perdant de sa naïveté, se rapproche de la nature tout en conservant ce respect pour la beauté qui est le propre de l'Italie; la *Déposition de Croix* est une œuvre de maître; les figures ont un beau caractère, le dessin en est large et le coloris puissant. Un *Portrait d'homme* fièrement peint par le Tintoret fournit un bon spécimen de l'École vénitienne. Velasquez et Zurbaran apparaissent avec un *Portrait de cardinal* et une *Sainte Lucie* destinée, sans aucun doute, à servir de pendant à la *Sainte Polonia* du Musée du Louvre. Un petit portrait peint au xvıᵉ siècle fournit un spécimen de l'ancienne École française. On sait le nom du personnage : c'est Jacqueline, comtesse de Montbel et d'Entremont, seconde femme de l'amiral Gaspard de Coligny qui l'épousa à la Rochelle, le 25 mars 1571. La noble dame est vêtue d'une robe de velours noir avec manches roses à crevés; un collier de perles terminé par une croix apparaît sur le corsage décolleté; ses cheveux châtain clair sont retenus par une résille de fils d'or. Cette peinture, exécutée dans le genre de Clouet, peut compter parmi les bons ouvrages inspirés par la manière du maître. Un siècle sépare ce panneau des autres tableaux de l'École française que possède M. Marcille. La *Résurrection* et l'*Ange Raphaël* donnent une juste idée du talent d'Eustache Lesueur. Un *Portrait de Molière*, peint par Mignard, offre un grand intérêt. De tous les portraits connus de Molière, celui-ci est, sans aucun doute, le plus authentique; il rappelle singulièrement le type fourni par l'estampe de J.-B. Nolin, et on est d'accord aujourd'hui pour regarder cette planche comme reproduisant exactement les traits du grand comédien. Ce portrait, exposé, il y a quelques années, au foyer du Théâtre-Italien, dans le musée improvisé par les soins de M. Ballande, attira avec raison l'attention de tous les admirateurs de Molière[1]. Il serait tout à fait à sa place au foyer de la Comédie française, à côté de l'autre portrait authentique de l'artiste incomparable, que l'administration acquit en 1867 à la vente d'un musicien de l'Opéra, M. Vidal.

1. Ce portrait a été gravé à l'eau-forte par M. Frédéric Hillemacher qui l'a placé en tête du tome **IV** du *Théâtre* de Jean-Baptiste Poquelin de Molière. Lyon. Scheuring. 1864-1870. 8 vol. in-8.

DÉPOSITION DE CROIX.

(Dessin de M. C. Marcille d'après le Sodoma.)

Non loin de ce portrait, qui tire son principal intérêt du personnage représenté, se trouve un tableau également curieux, peint par H. Rigaud dans sa manière la plus soignée. La Quintinie et sa femme sont debout à côté l'un de l'autre; une branche d'oranger à la main, la femme de La Quintinie semble indiquer le succès que vient d'obtenir le jardinier du roi avec son *Traité des Orangers* publié pour la première fois en 1690. Un autre portrait de Rigaud, celui de Jean de Lafontaine, peint largement et dessiné avec ampleur, orne également l'atelier de M. Camille Marcille. Nulle part mieux que chez la petite-fille du baron Walckenaer, devait se trouver ce portrait authentique du grand fabuliste. De Largillière, le contemporain et le rival d'Hyacinthe Rigaud, nous trouvons ici un aimable portrait de Mlle Duclos jeune. La célèbre comédienne est habillée en bergère à la mode du temps; elle tient une houlette et caresse un petit chien. Une bordure finement sculptée encadre cette peinture de petite dimension qui donne une idée fort juste du rare talent du portraitiste français.

La galerie d'Oisème ne possède pas un grand nombre de tableaux dus à des artistes des Pays-Bas, mais elle renferme quelques spécimens importants de cette école. A côté d'un portrait d'enfant en pied, tenant sur sa main un perroquet, peinture qui peut être attribuée avec grande vraisemblance à Pourbus le vieux, nous devons signaler une esquisse du chef de l'école flamande, de Pierre-Paul Rubens. Le tableau achevé, dont nous avons sous les yeux la première pensée très-formellement indiquée, a disparu, ou du moins nous n'avons su, malgré nos recherches, le découvrir; il représentait l'*Enlèvement d'Hippodamie*. Les centaures ont envahi la salle du festin et cherchent à ravir Hippodamie dont on célèbre les noces avec Pirithoüs. L'époux suivi de Lapithes en armes s'élance à la poursuite d'Hippodamie et cherche à l'arracher aux étreintes d'un centaure: tel est le sujet choisi par Rubens, qui a su donner à cette toile, large d'un demi-mètre environ, l'aspect d'un grand tableau. De même que bien souvent, en couvrant de peinture une superficie considérable, on ne parvient pas à faire une œuvre véritablement grande, de même quelquefois un artiste qui s'entend à disposer les lignes générales de sa composition, qui groupe avec art les figures qu'il met en scène, obtient, sur un espace restreint, un résultat que de vastes murailles n'auraient pu rendre meilleur. Cette observation nous est suggérée par l'ébauche de Rubens que possède M. Marcille : elle donne l'idée d'une grande œuvre, quoiqu'elle soit peu développée, et l'exécution en est si savante, l'harmonie en est si saisissante que les qualités du grand maître apparaissent ici avec autant d'évidence que dans les ouvrages les plus célèbres que le

Rubens.

L'enlèvement d'Hippodamie.

chef de l'École flamande a signés. Du plus habile élève de P.-P. Rubens, d'Antoine Van Dyck, M. Marcille possède un curieux portrait : un jeune homme en buste, vêtu d'un manteau noir surmonté d'un col blanc, regardant à gauche. La physionomie, exprimée avec une rare vérité, révèle une nature sournoise et assez peu sympathique; l'œil n'est pas franc et la bouche est dédaigneuse. La peinture, en revanche, largement traitée est d'une authenticité incontestable. Thomas Wyck, avec son propre portrait, Jean Ravesteyn, avec un *Portrait d'homme inconnu*, et Van Goyen, avec une *Marine* signée : *V. Goyen 1649*, sont les seuls représentants de l'École hollandaise. De ces trois tableaux exécutés avec franchise, le portrait de Th. Wyck est le plus intéressant : le peintre est assis devant son chevalet; il tient ses pinceaux, sa palette et son appui-main et regarde avec attention le paysage qu'il est occupé à peindre; à ses pieds un chien ronge un os. C'est une peinture fine et spirituelle d'un artiste dont les ouvrages assez rares sont dignes de prendre place dans les musées.

Dans la série nombreuse de dessins que possède M. Camille Marcille, nous retrouvons à peu près les mêmes maîtres qui figurent déjà dans la galerie des tableaux. Watteau, Fragonard, Boucher, Greuze, Latour, Prudhon, Marilhat, Géricault et Ingres sont représentés par des œuvres importantes. De chacun de ces artistes, M. Marcille avait réuni un ou plusieurs dessins accusant les aptitudes particulières, les qualités distinctives qui leur ont valu la renommée. Cette collection choisie ne contient que des spécimens significatifs et intéressants, les œuvres banales et sans caractère en étaient exclues. Un joli portrait aux trois crayons, par Antoine Watteau, représente dignement le chef de l'École française au xviiie siècle; quatre pastels de Maurice-Quentin de Latour, les portraits du père de Louis XVI, de l'artiste lui-même, de Silvestre, le maître à dessiner des enfants de France, et du peintre Dumont le Romain, pastels sommairement exécutés d'après nature, possèdent ce sentiment de la vie que le spirituel artiste imprimait à tous ses ouvrages. A travers ces masques intelligemment saisis, le caractère moral de chaque personnage apparaît aussi clairement que la ressemblance physique. Un dessin célèbre de Fragonard, *Qu'en dit l'abbé?* et l'*Aurore*, par François Boucher, suffisent pour témoigner du talent facile de ces deux artistes, qui ne reculaient pas devant la représentation des scènes galantes. L'esprit avec lequel ils traitaient tous les sujets, même les sujets les plus gais, rendait indulgent pour le goût quelquefois assez douteux de leurs inventions; la dextérité avec laquelle ils maniaient le crayon servait de laisser-passer à leur façon peu académique de traiter la mythologie et l'histoire. Différentes têtes à la sanguine ou au pastel, exécutées par Greuze en vue de tableaux célèbres, la *Malédiction paternelle* et la *Vertu chancelante*, montrent le maître à la recherche de l'expression, étudiant, le crayon à la main, la physionomie humaine sous ses aspects les plus divers, ne reculant pas devant une exagération systématique de la vérité pour mieux accuser ce qu'il veut rendre, ne s'arrêtant même pas toujours à la limite infranchissable sans danger où cesse le vrai et où l'emphase commence.

On se souvient du succès qu'obtinrent, à l'exposition organisée en 1874 par MM. Eudoxe et Camille Marcille, les dessins de P.-P. Prud'hon. Le public admira sans réserve les compositions étudiées avec soin, les esquisses à peine indiquées qui l'initiaient aux mystères d'un art charmant, qui lui permettaient de pénétrer dans l'intimité d'un maître qui se révèle tout entier dans ses études préparatoires. La plus grande partie des dessins envoyés à l'École des Beaux-Arts appartenaient aux organisateurs de l'exposition, et, pour sa part, M. Camille Marcille avait prêté cinquante-quatre dessins. Si l'on songe que dans cet envoi se trouvaient les *Vendanges*, l'*Enlèvement de Psyché*, le *Portrait de Mme la baronne Alexandre de Talleyrand*, à l'âge de sept ans, les *Quatre Heures du jour*, la *Renaissance des Arts*, *Daphnis et Chloé*, *Thémis*, variante de l'admirable dessin du musée du Louvre, *Pâris et Hélène*, et tant d'autres figures allégoriques plus belles les unes que les autres, on conviendra avec nous que peu d'amateurs seraient en mesure de montrer une collection aussi importante d'œuvres de Prud'hon. Ce maître, qui apparaît dans l'École française comme une glorieuse exception, qui entrevoit l'antiquité avec ses yeux de poëte, qui, en face de la nature, est toujours séduit par la grâce et attiré par la beauté, qui imprime à tout ce qu'il fait un charme pénétrant et qui s'isole assez de ses contemporains pour faire croire que de son temps le faste était banni du monde, ce maître est peut-être plus grand encore dans ses dessins que dans ses peintures. A l'exception de *la Justice poursuivant le Crime*, tableau de premier ordre qui a dès aujourd'hui sa place marquée à côté des œuvres les plus remarquables que l'École française ait produites, nous ne connaissons aucune peinture dans laquelle Prud'hon ait plus ouvertement accusé ses hautes qualités que dans les *Vendanges* ou dans *Thémis*. Dans ces dessins exécutés avec une sûreté de main qui révèle une science consommée, tout ce qui constitue une puissante individualité apparaît; les règles de la composition sont observées avec soin; à côté de belles lignes, de contours élégants et purs, se manifeste toujours une recherche attentive de la grâce. A côté de ces qualités, communes à plus

CARAVANE ARRÊTÉE DANS LES RUINES DE BALBECK.

(Tableau de Marilhat.)

d'un maître de l'École française, viennent s'en joindre d'autres qui sont particulières à Prud'hon : il se plaît à exprimer la jeunesse sous ses aspects les plus séduisants, et il pousse le sentiment de l'expression jusqu'aux limites extrèmes, sans jamais s'éloigner d'une réalité poétique, mais vraie ; son crayon ne s'applique pas à tracer un contour sec et rigide ; à l'aide d'un modelé précis et savant, il accuse la forme de chaque être qu'il invente et noie dans une atmosphère douce les scènes que son imagination a conçues, que son cerveau a rêvées.

Les deux dessins de Marilhat que M. Marcille conservait précieusement dans sa collection seraient dignes de figurer dans notre musée du Louvre. Ce sont de véritables cartons exécutés avec une telle précision que le maître n'eut plus qu'à les copier le jour où il transporta sur toile les compositions auxquelles il les destinait, une *Marche de Nubiens dans le désert* et l'*Embuscade des Nubiens*. Ces études, qui attestent la conscience que mettait Marilhat à tout ce qu'il faisait et le respect qu'il avait pour son art, accusent en même temps une habileté à rendre la figure humaine et les animaux qui lui assurent une place hors ligne dans l'école contemporaine des paysagistes. Plusieurs fort beaux croquis de Géricault pour le *Naufrage de la Méduse* et pour la *Course de chevaux libres* dont nous avons signalé plus haut deux esquisses peintes initient également le public artiste aux travaux préparatoires auxquels se livrait Géricault avant d'arrêter définitivement une composition qu'il avait résolu de peindre. Souvent dans ces tentatives préliminaires, dans ces essais faits dans le silence de l'atelier et non destinés à être vus, les qualités de l'artiste se manifestent d'une façon plus appréciable que dans les peintures qu'il livre au jugement de la critique ; souvent aussi, et c'est le cas pour Géricault, on retrouve dans ces projets plusieurs compositions que l'artiste n'eut pas le temps d'exécuter et qu'il est curieux de connaître pour se rendre un compte exact de ce qu'il eût été capable de faire si la mort n'était venue le surprendre à un âge où il n'avait pu encore donner la mesure exacte de son talent.

Nous aurons terminé la tâche que nous avons entreprise lorsque nous aurons appelé l'attention sur deux croquis de M. Ingres, le *Portrait de Mgr de Pressigny* et *Françoise de Rimini* qui furent tous deux exécutés à Rome en 1816. Le portrait de Mgr de Pressigny a été gravé à l'eau-forte par le maître lui-même ; le croquis du célèbre tableau légué par M. Turpin de Crissé au musée d'Angers provient de la collection de M. Artaud, secrétaire d'ambassade, à qui M. Ingres l'avait donné. C'est à la vente de ce diplomate, ami des arts, que M. Marcille père avait acquis ces deux dessins qui témoignent du culte de M. Ingres pour la beauté, de son

Géricault.

Course de Chevaux libres.

respect pour la vérité pittoresque et de sa puissante habileté à interpréter la nature.

Cette collection, formée avec tant de clairvoyance, conservée avec tant de piété, sera dispersée dans quelques jours. Les amateurs du monde entier, avides de posséder des œuvres authentiques et pures, passionnés pour les tableaux et pour les dessins dus à des mains célèbres, se donnent déjà rendez-vous à l'hôtel Drouot et ambitionnent de faire entrer dans leurs galeries quelques-uns des trésors hier encore conservés à Oisème. Qu'il nous soit permis, en finissant, de faire un souhait : c'est que ces ouvrages, charmants ou superbes, gracieux ou sévères, procurent à ceux qui vont désormais les posséder, la même joie, le même bonheur qu'ils procuraient à leur ancien propriétaire, à cet artiste de goût, à cet homme bienveillant et affable qui consacra sa trop courte existence au culte de l'art.

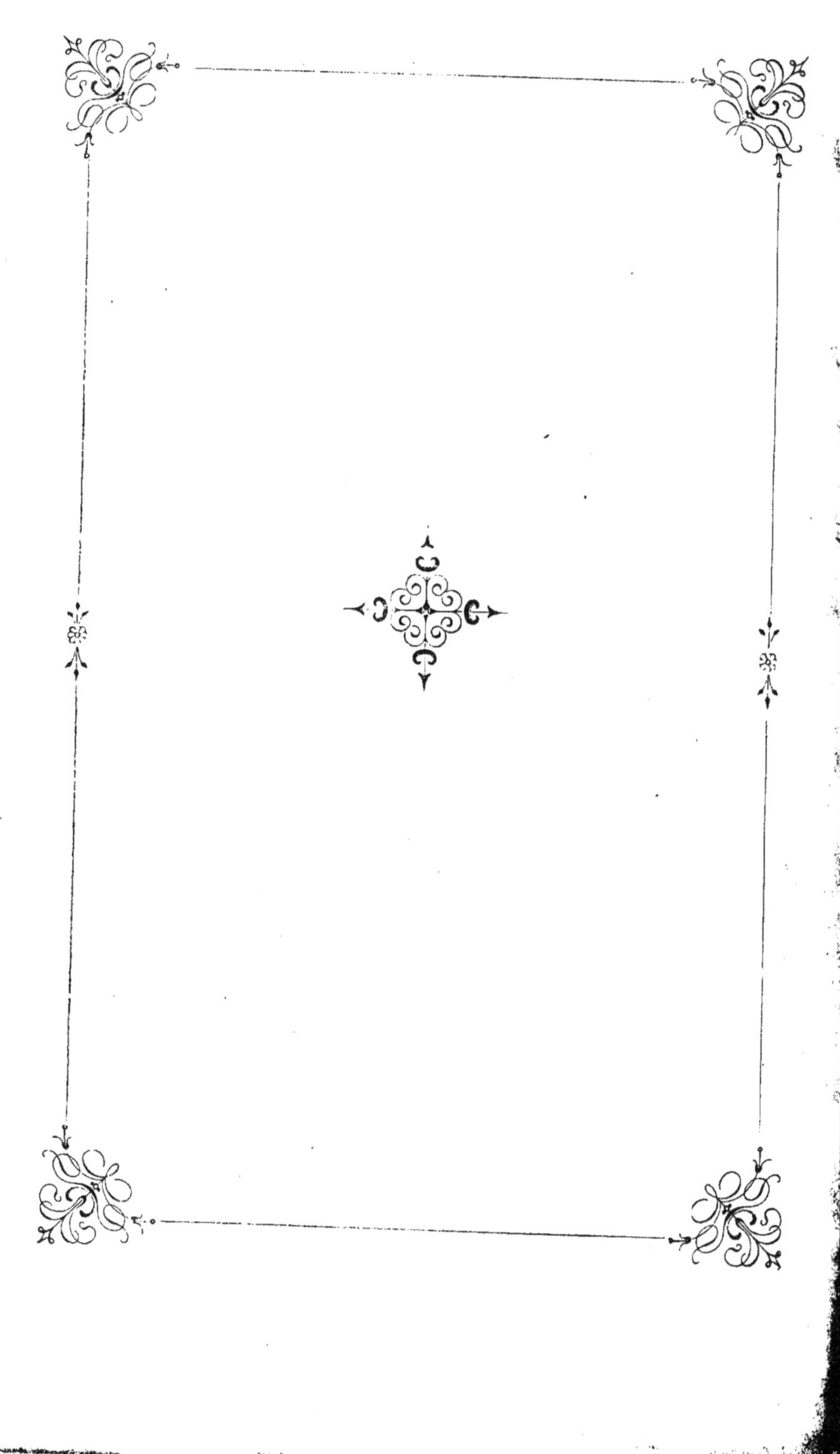